你就這樣幾小時地聽著雨聲

莫里斯・卡雷姆詩選

Maurice Carême Poèmes Choisis

莫里斯・卡雷姆 Maurice Carême 著
胡小躍 譯

目次

溫暖的雨輕輕地落在屋頂 295

L'homme

L'homme et l'oiseau se regardèrent.
– Pourquoi chantes-tu ? lui dit l'homme.
– Si je le savais, dit l'oiseau,
Je ne chanterais plus peut-être.

L'homme et le chevreuil se croisèrent.
– Pourquoi joues-tu ? demanda l'homme.
– Si je le savais, dit la bête,
Est-ce que je jouerais encor ?

L'homme et l'enfant se rencontrèrent.
– Pourquoi ris-tu ainsi ? dit l'homme.
– Si je le savais, dit l'enfant,
Est-ce que je rirais autant ?

Et l'homme s'en alla, pensif.
Il passa près du cimetière.
– Pourquoi penses-tu ? dit un if
Qui poussait dru dans la lumière.

Et, pas plus que l'oiseau dans l'ombre,
Que le chevreuil de la clairière
Ou que l'enfant riant dans l'air,
L'homme ne peut rien lui répondre.

Maurice Carême

代序

國際知名的比利時詩人莫里斯・卡雷姆生於瓦夫爾一個十分貧寒的家庭。他是個出色的學生，十五歲就拿到獎學金，進了師範學院，畢業後當了小學老師，在布魯塞爾首都區的安德萊赫特教了二十五年書。一九三三年，他在安德萊赫特蓋了房子，也就是現在的莫里斯・卡雷姆紀念館和莫里斯・卡雷姆基金會所在地。從一九四三年起，他全心投入文學創作。一九七二年，他在巴黎獲選為「詩王」。

他一生寫了九十多部詩集、小說和故事，同時也是一名出色的譯者，尤其是翻譯佛萊明語詩歌*。他的詩，有時空靈，有時語氣悲哀，文義直接又貼近大眾，從小孩到內行的成年人都喜歡他的詩。世界上許多國家都翻譯了他的詩，當代許多知名音樂家還為他的詩譜上曲調。

他喜歡讀書，對東方的智慧很感興趣，尤其是遠遠早於《福音書》的中國智慧，他從中找到了最重要的靈感。他發現了孔夫子這個思想大師，在我們還不識字的時候，孔夫子的人道主義思想就已大放光芒，他不禁心馳神往。他也閱讀《道德經》的格言，並且在中國詩歌裡發現了更加令人驚訝的智慧。他找到了許多中國詩選，一再重讀，每次都滿載而歸，那種複雜的簡潔和深刻的明瞭，影響了他的創作，不斷出現在他的詩中。無論是張籍或李紳筆下痛苦而可憐的農民，還是一世紀的梁鴻所歌唱的人民，在他看來都是永恆的，不斷使他感動。

他又寫了多少歌頌大自然的詩歌啊！詩中有許多珍貴的形象，讓人想起深刻影響了印象派畫家的那些令人讚歎的雕刻。莫里斯・卡雷姆還在詩中揭示生活中的哲理，那是建立在正義、善良、愛情和對戰爭的仇恨，當然，還有尊重他人的基礎上。「紳士不會把腳踏上鄰屋的影子」，他在獻給「李」的一本書中興奮地讀到了這句話。

中文讀者應該很容易明白胡小躍先生為什麼要翻譯卡雷姆的詩，卡雷姆的詩歌與歷代中國詩歌有那麼多的相似之處！況且，莫里斯・卡雷姆堅信，詩人無國界。

孔夫子是不是好像說過這麼一句話：「四海之內皆兄弟。」

莫里斯・卡雷姆紀念館館長　雅妮娜・比爾尼

*編按：比利時的官方語言有三種：荷蘭語、法語及德語，卡雷姆出身比利時南方的瓦隆尼亞區，通用語言是瓦隆尼亞法語，不過他也精通北方佛萊明區的佛萊明荷語，經常將優秀的佛萊明語作品翻譯成法語。

不必說一切皆逝

天空默不作聲

在與生命奇特的博弈中，
你贏了什麼，又輸了什麼？
歲月匆匆，一天天過去，
你甚至失去了想贏的願望。

信仰、愛情、金錢、榮譽，
它們全都在跟你較量，
但在這巨大的賭場裡，
人啊，老得是那麼快！

在與時間悲慘的博弈中，
你贏了什麼，又輸了什麼？
眾神死了，天空默不作聲，
人孤單地獨自留在這世上。

——選自《比黑夜更遠》

你可見過雨雪變老

我敢說我不會老。
誰見過雨雪變老？
生命就有這種魔力！
冬天也向我伸出雙手。

有時輕如鴻毛，
有時重如磐石，
我騎上所有的駿馬，
十指停滿雪白的鴿子。

牛奶般純，麵包般圓，
不知不覺，
我總是在星星上
跟你說話，

就像洗衣婦
在花園裡晾曬白色被單，
卻不知自己是在晨霧中
播撒星星。

——選自《比黑夜更遠》

真理，那有什麼用？

「真理，那有什麼用？」
我兄弟天天這樣說。

「自由，那有什麼用？」
我兄弟還在這樣問。

「正義，那有什麼用？
它遲早會背叛你。」

「反抗，那有什麼用？
他們會殺死我們。」

然後，他不再說話。
一塊骨頭，狗就滿足了。
——選自《怨》

一切皆虛幻

「一切皆虛幻。」
文人說；
「一切皆可敬。」
神甫說。

一個說的是美、
榮耀和藝術；
另一個說的卻是
已然神聖的歷史。

「啊！充滿了幻想！」
詩人說，
「理智或瘋狂，
世上的一切
最後都成一首歌。」

——選自《鏡子的反面》

他總是充滿渴望

他總是充滿渴望，
渴望空間，渴望愛情，
渴望流逝的生命。
他的渴望是那麼強烈
什麼都無法使他滿足。
他總是渴望，
結果別人都不知道
給他什麼好，
於是，
只好給他憂慮。

——選自《挑戰命運》

簡單卻很難懂

如果簡單卻很難懂，
如果富裕卻要乞討，
如果謙遜卻從不屈膝，
如果孤獨卻讓人喜歡，

如果我想往上走，
身體卻隨坡下滑；
如果泉水吸引我，
火卻要把我燙傷，

最後我打起精神，
想讓你認出我來，
我縮起來像個雪球，
剛好被永恆撞見。

——選自《仁慈的時刻》

他說話是為了打發時間

他說話是為了打發時間，
為了豎一道屏障
把虛無擋在外面。
他說話卻不知道為什麼說，
他神情疲憊，絞著雙手，
遭受生命的肆意蹂躪。
他說著上帝應說的話，
而上帝已忘了
祂究竟想要什麼。天底下
有那麼多不幸的人在求祂。

——選自《挑戰命運》

別吹噓！

這麼多卵石，沒有一塊相像。
人啊，不要如此吹噓，
千百年來
這白茫茫的霧從來就不一樣。

活在人間
為什麼卻嚮往天堂！
照耀我們的
難道不是同樣的光芒？

生與死都很平常，
何必自欺欺人？
順其自然吧！

上帝無暇改變的，
就讓我們接受它。
沒有什麼榮譽能夠持久。

——選自《比黑夜更遠》

藝術家

他想畫一條河，
河流出了畫面。

他畫了一隻鳥，
鳥立刻就飛了。

他畫了一條魚，
魚撞碎了畫框。

他還畫了一顆星，
星星點燃了畫布。

於是他在畫布正中，
畫了一扇門。

門裡還有門，
他進了城堡。

——選自《兩個世界之間》

樹影

中午，一縷樹影
照進了他的房間，
一棵槭樹誠實的影子，
金色和琥珀色的樹影。

照到桌上的時候，
他為何這麼恐慌？
這道光亮來自何方？
一切似乎難以解釋。

他砍掉了那棵樜樹，
以為就此擺脫了影子，
誰知到了中午，樹影
又慢慢地爬到他腳上。

他試圖站起來，
躲到隔壁房間，
突然，他驚呆了：
他的雙腳已經紮根。

——選自《兩個世界之間》

真理

如果心直口快
別人會說你傻。
然而，他所說的一切，
清楚得像冬青紮的籬笆。

可是，冬青有刺，
誰願意被扎？要知道
真理是赤裸的，
但戴著手套。

它回到自己的井裡，
如果你口是心非，
它會藏而不露，

出來的時候
也戴著重重的項鍊，
戴手套，穿拖鞋。

——選自《兩個世界之間》

善良

鏡子就是它的頭，
人們不分早晚
來到鏡子跟前。

誰也不曾想到
它在鏡後流淚。
但照鏡的人
都覺得自己美。
鏡子似很客觀，
公正履行義務，
但誰都沒有發現

善良，

因為，它藏在鏡後。

——選自《鏡子的反面》

逝水

如何留住逝去的東西？
它們逃得比流水還快。
我的雙手很快就煩了，
不願再做徒勞的事情。

在這個令人失望的宇宙
我們只知道自己的樣子。
我們的骨灰將隨風飄走
我們只知道自己的樣子。

在濃霧中前行，
我們很難看清
兄弟們的目光中
那條黯淡的光痕。

——選自《逝水》

幻想者

小時候，他想當王子，
獨自統治一百個城市。

到了青春期，他又想當
伊瑟的情人特里斯唐*。

成年後，他想當詩人，
先知先覺，滿腹經綸。

他想當那，又想當這，
反反覆覆，多次選擇，

光陰流逝，生命將盡，
如今他沿著斜坡爬行，
回憶昔日玩耍的景象，
心中不再有那麼多夢想，
只想重新變成泥土。

——選自《鏡子的反面》

*伊瑟和特里斯唐為中世紀英國亞瑟王傳說中的一對悲劇戀人，另有譯名為伊索德和崔斯坦。

回聲

他大喊：「我來了！」
回聲起：「我來了！」
他喊得更大聲：「我走近了！」
回聲也更大聲：「我走近了！」
他又喊：「快了！」
回聲又起：「快了！」

他接著喊：「是我！」
回聲頓時消失。

——選自《鏡子的反面》

灰塵

我變成灰了？你想笑。
等我成為灰塵吧！
為什麼我不能用手
在灰塵上寫下上帝的名字？

你變灰了？好好看看：
你的手難道不漂亮？
我看見藍天，整個天空
都倒映在你的眼裡。

聽聽這溫柔的動作
像絲綢聲一樣悅耳，

麥子熟了，風在燃燒
九月的蘋果紅得誘人。

好了，讓這細細的灰塵
落在餐桌上，落在碗櫥上。
一個孩子舉起發聲玩具。
花園裡，一件襯衣在飄。

——選自《比黑夜更遠》

惡

惡，是不是一個
只有上帝才知道的祕密？
誰都拿不到這把鑰匙。
人，百思不解。
釘在十字架上的耶穌
最終也不免一死。
從此，唉，大地上
眾多的陰影、傷口和不幸
埋葬了他的光芒。

——選自《之後呢？》

井

每當他彎腰看井，
自己已知的事情
和想起來的一切，
他都不敢相信。

井底的幻影，
比鏡中的美景
還要美麗千倍。
正當他想看得更清楚，

一隻冰冷的手
突然擾亂水面。
他目瞪口呆
似乎迷失在
陌生的空間。

——選自《兩個世界之間》

美

他以為美能抓住，
就像體重能稱，
或像是人的身體
是我們能夠擁有。

於是他到處購畫，
邀請音樂名家，
還請別人朗讀詩歌，
雕刻精美絕倫的作品。

然後，他邀請美
進入他的城堡。
可是，美早在裡面

與萬物融為一體，
所以，他看不見
它招手向他微笑。

——選自《鏡子的反面》

塔

他想登上那座塔，
高高聳立在雲端，
他想登上那座塔，
爬了幾天又幾夜。

他相信，每上一層
都能揭開一個秘密。
他相信，每上一層
都離天空近一步。

有時，他遇到一個人
再也走不動了。
有時，他遇到一個人
對他說，還是放棄吧！

當他磨破鞋子，
他已穿過雲層，
當他磨破鞋子
他仍鼓足勇氣。

他還以為自己
第一個爬得那麼高；
他還以為自己
穿過了最後那道牆。

然而，他愈往上爬，
牆變得愈厚，
然而，他愈往上爬
天變得愈黑。

——選自《兩個世界之間》

馬

我的筆下跑出一匹馬，
孤孤單單，沒有騎士，
但我剛剛畫了沙灘
和一片巨大的海洋。

我呀，我怎麼可能知道
牠要到哪去，又從何來？
牠渾身烏黑，高大健壯，
我寫的東西全被牠弄黑。

然而，我應該想到
誰都不該把牠叫喚。
牠慢慢地扭過頭來，

一副惶恐的模樣，
怕我把牠讀懂，
於是又馬上變白。

——選自《北海》

遊戲重新開始

小灌木越長越密，
枝條掛滿了鮮花，
最後果實纍纍，
遊戲重新開始。

不管是冬是夏，
時間飛快流逝，
如野鴿不停叫喚。

所以，我們不如吃掉
讓人想起天堂的蘋果。

只有赤裸裸躺在井底，
那才是真正的真理。

——選自《比黑夜更遠》

別那麼著急

別那麼著急！夜自會來臨。
你很快就會回到家門口。

讓天鵝孵蛋，農民播種。
該怎麼樣就讓它怎麼樣。

鼴鼠一身漆黑，如牠挖的洞穴，
泥瓦工粗糙的掌心有一抹陽光。

磨坊難道比時間的輪子還要疲憊，
大海不像夕陽那樣急於燃燒自己？

當你看到烏雲遮住了太陽，
我的心，你為什麼像蜜蜂
不知疲倦地碰撞迷人的蜂箱。

——選自《比黑夜更遠》

人不可能什麼都有

人不可能什麼都有。
當一隻狐狸，做一頭羊羔
糊裡糊塗，啊，妙不可言！

寧當無知的鄉巴佬，
也不當城堡裡的國王，
人不可能什麼都有，
這真是太好了！

難道我就不能有個搖籃，
一個似是上帝選派的母親

在那裡和藹地看著我？
這真是太好了！
人不可能什麼都有。
——選自《比黑夜更遠》

當你喜愛一切

當你喜愛一切：柳樹和青草、
石頭與圓規、鼴鼠與翠鳥、
喜愛木匠和馬路上的清潔工，
而永遠不必問為什麼；

當你不動腳步，就能來到
沙灘與森林、丘陵與山谷，
教堂前的廣場和公共牧場，
而永遠不必問是否在家中；

當你首先想坐下來，
在天邊獨自遐想，
熟悉的天空會拜訪你的生命
像塊藍色的桌布鋪在白木的桌上。
——選自《比黑夜更遠》

永恆和無限

永恆和無限
最後終於結婚。
時間每天都說：
「我肯定能當教父。」
空間對平原說：
「我很快就會當教母。」
大家當然以為
他們會子孫滿堂。

時空等了很久，
最後焦急地想
虛無是否讓他們
失去了生育能力？
大家都像摩西，
永久地等待
允諾我們的瑪那*。

——選自《鏡子的反面》

*瑪那（Manna）是《聖經》所說古以色列人在曠野四十年所獲得的神賜食物，直到以色列人民進入福地，神才停止賜與。

有什麼關係！

他不知道自己在說些什麼。
她更不知道他在說些什麼。
但這有什麼關係！
他們互相理解，甚至很理解。

他不知道自己是否愛她。
她更不知道他是否愛她。
但這有什麼關係！
他們相處融洽，甚至很融洽。

他不知道自己在想什麼。
她更不知道他在想什麼。
但這有什麼關係！
他們活著，甚至活得很好。

他不知道自己是誰。
她更不知道他是誰。
當個玩具有什麼關係！
只要命好運氣好！

——選自《鏡子的反面》

忠於自己

忠於自己，他一再說，
只忠於自己。
但在一個荒涼的小島
誰能活得下去？

忠於真理，他一再說，
只忠於真理。
但不停圍繞著真理
誰能平靜地生活？

忠於正義，他一再說，
正義和正直。
他在城裡喊得那麼響，
結果馬上就遭到逮捕。

那就堅持善良，他說，
寬恕和仁慈。
他將永遠貧窮，被人遺忘，
在流放中死去。

——選自《鏡子的反面》

他以為自己在遊蕩

他以為是在遊蕩
其實直奔目標。

他以為是在玩耍。
其實一切都已料到。

他以為是在做夢，
卻看得清清楚楚。

他以為是在請求，
卻得到了一切。

他以為自己弄錯了。
是他的心在說話。

——選自《鏡子的反面》

為什麼要跑？

為什麼要一直跑到馬賽港，
才隨意找個生活的地方？
為什麼要一直游到侯爵島，
才把自己曬成古銅色？

亂雲飛渡時
為什麼要去花園
看落葉殘紅？
最美的花在心裡。

又為什麼要踏遍全球
前往海角天涯？
幸福就在家裡，
靜坐陰影之中。

——選自《比黑夜更遠》

突然聽見喪鐘敲響

日子過得太慢，時間
卻走得快！沒人相信
士兵在哨所裡面踱步，
走的路比在市集裡多。

剛剛出生，又得離開
這個過於擁擠的世界。
開門關門的間隙，
人們又重聚門前。

這種狀況延續、延續，
延續了很久，一天晚上
人們正沿著牆行走，
突然聽見喪鐘敲響。

——選自《比黑夜更遠》

已是夜晚……

已是夜晚，已是黑夜。
人們說，並假裝相信
明天將是輝煌的一天。

可惜，這是瞎說，
一談起天堂，
今晚的夜就顯得太黑。

生者，哪怕是最偉大的生者，
只要他們死了，
就是大錯特錯，無法彌補，

可每當我們被黑暗包圍，
我們就會說還有明天。
明天又能怎麼辦？

——選自《鏡子的反面》

我知道他存在

「你要去何方？」
人們驚訝地問他。
「哪怕閉著雙眼，
我也知道去哪。」
他這樣回答。

「你想去找誰？」
「我不知道找誰，」
他回答說，
「但我知道有這麼一個人，
這就夠了。」

「你何時能找到他？」
「也許馬上……
不過，我只請他
在我不幸的時候
點亮我心中的燈。」

——選自《鏡子的反面》

學者與乞丐

「這是灰塵。」學者說。
「不，這是小路上
太陽剛灑下的光亮。」
乞丐回答道。

「心智不過是面鏡子。」
學者又說。
「一面空空的鏡子。」
乞丐回答說。

「你們是，」學者說，
「蒙在鏡子上的灰塵。」
「你們是，」乞丐說，
「妨礙星星喝水的
一大障礙。」

——選自《鏡子的反面》

不要說什麼歲月匆匆

不要說什麼歲月匆匆
你只信眼前之物。
如果立刻就死掉，
不如當一條鼻涕蟲！

就像夏天的時候，
松鼠不願意離開
被風吹斷的樹枝。
你無法想像

自己會離開這屋子。
哪隻螞蟻不像你一樣，
舒舒服服地在草上爬行
自以為是在世界的中心？

——選自《比黑夜更遠》

如果我知道自己想要什麼

如果我知道
自己想要什麼，
我就是最快樂的人，
可我不知道。

如果我知道我愛誰，
我確實會很幸福。
可我連自己都不愛，
又怎能知道自己愛誰？

如果我能欺騙自己，
我就繼續欺騙，這樣
哭的時候就不會那麼孤單，
可是，我騙不了自己。

事實上，只有死
才能使我擺脫憂傷。
可時間越長，
我越不相信死亡。

——選自《比黑夜更遠》

L'oiseau

Quand il eut pris l'oiseau,
Il lui coupa les ailes.
L'oiseau vola encore plus haut.

Quand il reprit l'oiseau,
Il lui coupa les pattes.
L'oiseau glissa telle une barque.

Rageur, il lui coupa le bec.
L'oiseau chanta avec
Son cœur comme chante une harpe.

Alors, il lui coupa le cou.
Et de chaque goutte de sang
Sortit un oiseau plus brillant.

Maurice Carême

世上並無如此美好的愛情

因為你愛我，別人也愛我

因為你愛我，別人也愛我。
你的身材是那麼漂亮，
地球也想彎腰模仿。
因為我愛你，別人也愛你。
世界已跟你說定，
要擁有你的歡笑、你的聲音。

人們會愛我，人們會愛你，
我身上的男人和你身上的女人
會變得比以前更了不起。

——選自《愛人》

世上並無如此美好的愛情

讓我們在水中好好看看自己！
我們是否有兩隻手，一張臉？
讓田野、鳥兒、小路、小溪
為我們作證。這個世界
承受不了這樣的愛情。
陽光也不可能老照著它。
我們獨自待在水邊，
我們獨自待在樹下，
高高的樺樹直指藍天。
在別人的世界裡，是否也有
別的樺樹，別的小溪？

我們的手一握在一起，
就忘了自己是誰；
我們的唇一貼在一起，
就忘了虛偽與現實
有什麼區別。
我們在同一道光亮中融化，
沒有了年齡，失去了重量，
世界變成了我們的模樣。

——選自《白屋》

愛情忘了說過的話

她曾對他說：「我愛你。」
他也曾說過這樣的話。
總是同樣的問題，
愛情嘲笑說出的話。

她真的說過「我愛你」？
他也曾真的這樣說？
大家最後還是不敢相信，
愛情忘了說過的話。

已經過去幾個星期，
誰還記得說過的話？
不過這一天總會到來，
你們真的墜入了情網。
愛情嘲笑所說的話。

——選自《怨》

我沒有鬆開過愛人的手

我這一輩子
也許不那麼勇敢
走過很多彎路，
還磋砣歲月，
讓許多歌
白白地隨風而飄。
我很少像人們以為的那樣。
但當我的心在雨後的麥田微笑，
像太陽一樣閃耀，
我從來，從來沒有
鬆開過我愛的那個人的手。

——選自《比黑夜更遠》

我愛他愛得夜難眠

我愛的人請快點來，
我愛他勝過愛自己，
可他一點都不知道
我愛他愛得夜難眠。

讓他來到這個城堡，
在裡面選一個公主，
公主和他一樣美貌，
披肩的長髮如瀑布。

我看他欣喜若狂，
他身邊的燈光
似乎都突然黯淡。

而我卻臉色蒼白，
如死了一般，
靠著窗站在外面。

——選自《鏡子的反面》

她有時離得那麼近

她有時離得那麼近，
他都想伸手去摸她，
她突然又走得很遠，
消失在沒有月亮的
黑夜盡頭，他失望了，
以為再也見不到她。

可她卻經常回來，
有幾天甚至跟他說話，
慈祥得像母親一樣，
時間一長，他最後發現

在上帝的關照下
自己的生命微不足道。
——選自《鏡子的反面》

春天裡的瘋子

「如果櫻桃樹的花
結不出天上的果實，」
她說，「我很可能
不會愛上你。」

「如果壁爐上的鳥兒
不是遠颺而歸，」
他說，「我很可能
不會遇到妳。」

他們笑著摟在一起，
如同春天裡的瘋子，

他們心裡十分清楚
是他們的心而非櫻花，
也不是壁爐上的鳥兒
使他們成為一對鴿子，
停在幸福的屋頂。
——選自《愛人》

在我們咫尺之外

現在是白天，
還是已經天黑？
院子裡的小貓
是黑還是白？

現在是白天，
還是已經天黑？
塔樓沒有支撐
似乎就會搖擺。

夜與晝，時間都很短，

但沒有我們，親愛的，
不管是白天

還是黑夜，
在我們咫尺之外，
一切都不存在。

——選自《愛人》

天要下雨，那又怎麼樣

天要下雨，那又怎麼樣。
不管晴雨，我都要見她。
我將見她，她戴著花，
風兒吹散了她的長髮。
再見到她時，她身後，
是繡著燕子的地毯。
再見到她時，她四周
繚繞著喜慶的雲霧。

所有的碎石小路
都有她的腳步聲響。

她的眼中，天空廣闊，
今天，一切都將重來，

換一種方式開始：
美景一望無際，

小路不再延伸，
到處都是鮮花。

枯葉做的燈
為我們打開所有的門。

——選自《愛人》

她的心藏起了我

你可看見，小路上
她讓陽光發瘋，
讓樹枝做夢，
與飛舞的蜜蜂遊戲？

她的長髮是我的矮林；
她的歌是我屋頂的兩翼。
我融入她的身影，
她的心藏起了我。

你怎麼可能認識她？
一輩子肯定不夠。
只要她的臉出現在窗前，
最美的天空都會被人忘記。

——選自《愛人》

我知道你為我微笑

我知道你為我微笑，
你知道我為你而夢。
讓我停止做夢，
讓你重新微笑。
讓你停止微笑，
讓我重新做夢。
讓這美好的迴圈
如日落日出反覆，

夜與晝相融，愛情之樹
和月亮般潔白的雪難分。
——選自《愛人》

你會來到這片果園

你會來到這片果園，
蘋果樹上，天空
美麗得就像一朵
又大又明亮的花。

你會像個聽話的女孩，
動不動就臉紅。
青春勃發的乳房
剛在胸前隆起。

你久久地望著我，
卻不敢撲進我的懷抱。
我也會在蘋果樹下
久久地、久久地看著你。

然而，我既看不見
你溫暖潔白的脖子
和彎弓般的雙膝，
也看不見你濕潤的唇。

我們倆都猜到
彼此會愛上對方，
蘋果樹勢必要結果，
八月天肯定會變藍。

——選自《愛人》

從前，我不慌不忙

從前，我不慌不忙，體胖心寬，
走路時，燕子在頭頂伴我同行。
嚴肅而明朗的大熊座，
那是夜晚放飛的風箏。

我對愛情沒有任何要求，
只想偷偷地看戀人一眼，
真誠地笑一笑。我不敢告訴她，
她可能也一樣，不敢說愛我。

我的財富全裝在孩子玩的船上，
船笨拙地在灰色的水塘裡打轉。
上帝在教堂門口親自迎接我，
只看了我一眼，我就憂慮全無。

今天，我的愛希望能夠永恆，
我的夢走得比星星祈求的更遠，
我的這顆心啊，過於沉重累贅，
有個神，回憶起繁花似錦的節日。

——選自《仁慈的時刻》

真誠地希望

真誠地希望，
甚至直到永遠，
有沒有可能
讓兩段愛情
在同一條路上通過？

——選自《消失的場景》

太陽啊，你來得多麼艱難！

太陽啊，你來得多麼艱難！
大地啊，你轉得多麼緩慢！
蜜蜂，你們竟然還在睡覺？
曙光啊，你還在等待什麼？

快，快！快把花叢照亮！
那隻不幸的公雞，何時啼唱？
為了把黑夜擋在山後，
牠在天上偷盜了時光，

月亮啊，帶著你銀色的牧鞭，
走下青草遍地的山坡，
快讓你的星群像羊一樣叫起，
讓草木發亮，黎明到來。

林邊，戀人正在等我。

——選自《愛人》

你來自黎明

你來自薄荷和黎明，
再也沒有父親母親。
你像驟起的晨霧，
身上披滿霞光。
你會慢慢地長大，
在夏季裡成熟，
乖孩子繞膝，
感到自由自在。
我把你的形象
完整地留在我的生命之中。

——選自《愛人》

我手指一動

我手指一動，
你就可以變成翅膀，
高高的柳橙樹下，
你可以在我身上散步。
用裙子給我帶來
黎明的一切寶藏，
甚至用你的手
不斷讓天空下降，
讓我周圍的一切
都變得那麼明亮。
所以人們能透過你

看見我閃亮的心。

——選自《愛人》

她在露水中奔跑

傍晚時分，她在露水中奔跑，
然後哼著小曲，在霧中消失。

你已見她在金色的麥浪中隱沒，
但夕陽又把她引到高高的窗邊。

她探出身子，你可看見
她的長髮沿著牆壁垂下？

她的大眼睛在夜色中閃亮，
安慰著你沉睡的心靈。

我的情人，她沿著田野行走，
但當第一道炊煙升起的時候
你會看到她在霞光中笑著
向你跑來，喊著你的名字。

——選自《愛人》

提起愛情

啊，提起愛情，
怎能不想起地球是圓的，
就像跳圓舞曲的孩子
總有輪到的一天！
啊，提起愛情，
怎能不想起地球是圓的，
用灑滿陽光的手
捧著世界地圖的
永遠是真與善。

——選自《沙漏》

你穿著黎明的長衫

你穿著黎明的長衫
在我藍色的夢幻邊緣
一站起來，
我就忘了自己身在何方，
在你麥穗般的頭髮下面
我久久地待在草地上
像一輪消失的太陽。

——選自《愛人》

這是最後的太陽

這是最後的太陽，這是最後的寂靜。
禮拜天正邁著沉重的步伐離開。
忘了是夜晚在舞蹈
還是松鼠在樹枝上蹦跳。
崎嶇的小路上，野兔經過
壓倒了奧勒岡草和薄荷，愛人啊，
讓我把它們的香味留在你眼中。
慢慢地，我又在你的臂彎裡
找到了這陽光燦爛的日子，
找到了相約在松林的快樂，

就像兩個孩子，仍沉醉在晨曦當中。

——選自《愛人》

我將爬上高高的亞麻田

我將爬上高高的亞麻田，
金色的鐘形花黏在腳邊，
最遙遠的大鐘聲
也沒它清脆響亮。
是的，我將前往橡樹林，
縷縷晨曦滿手指，
在平原的所有小路上
你看見的除了我還是我。

——選自《愛人》

啊，這真的是千真萬確

啊，這真的是千真萬確，
比世上最美麗的夢還要真實！
你愛我，是的，你這樣說過，
甚至還在這裡對我發了誓，
可是，這是昨天的事……
啊，如果你愛我，請今天再說一遍！

啊！就說我永遠屬於你，
從此我在世界上不再孤單，
說整個世界現在都屬於我。
頭頂燕子飛舞，請再對我說一遍，

沒有一條往前延伸的小路
不通往繁花似錦的春天。
——選自《愛人》

一切都讓我歡欣

一切都讓我歡欣，
蜜蜂的螫針，還有你，
與烏雲遊戲的陽光，
啊，你可有她臉上的燦爛？
樹枝啊，當你被濃霧包圍，
隱隱約約，你是那麼漂亮，
可當她彎下腰枝，倒映在天際，
你的美就大打折扣，黯然失色。

不慌不忙的星星啊，
你們是上帝虔誠的信徒，

可她眼中的善良純樸，
你們永遠不會擁有。

只有一個重重的吻
有時能夠把她俘虜。
上帝啊，為了說出她的名字
我還有什麼沒有想出來？

——選自《愛人》

Qu'est le ciel ?

Qu'est le ciel, sinon moi ?
Disait-il. Le soleil ?
Mais c'est moi, toujours moi.
Les oiseaux, les abeilles ?
Moi encore, moi toujours.
Tout n'est que mon amour.
Et il en était sûr
Comme l'est une tour
Bien d'aplomb sur ses murs.

Maurice Carême

消失在你消失的地方

靈魂的叫喊

靈魂的叫喊沒人聽見。
可以安全地扼殺，
包裹它的是一團團肉。

來吧，你可以掐得更狠，
活結也可以勒得更緊！
它永遠不會掙扎。

可是，如果你的臉上
沒有出現死亡的痕跡

人們會以為你很高興。

——選自《仁慈的時刻》

他平靜地走了……

「哎，我的影子呢？」他問，
「我在牆上再也看不到它。」
然而，他依然平靜。

「哎，牆去了哪兒？」
他第二天突然大喊。
然而，他依然平靜，
走自己的路。

但第三天，影子失蹤了，
牆不見了，路也消失了，

甚至連狗也不見一隻，
管它呢！他想，走吧！
他已經死了三天。
但平平靜靜……
自己渾然不知。

——選自《兩個世界之間》

我清楚地知道……

我清楚地知道死神不會讓我
遠離這屋子，我是如此愛你。
某天早晨祂把我從你懷中奪走
只為了不讓你受到驚嚇。

你將聽見我的心靠著你的心，
低聲地深深感謝它，有時，
你挺起強壯的身體扛起這個世界，
我感到自己是如此幸福。

我將在你眼中看到
最完美的日子在溫暖的陽光中成熟，
我將像那些沉甸甸的麥穗
吸足陽光，重新親吻大地。

——選自《白屋》

衰老

他心想：
要是我能超越時間
我就永遠不會衰老。
然後他尋思
時間究竟是何物。
他思考這個問題
越來越執著，
卻忘了自己正在老去，
忘了白天黑夜，
忘了好年頭壞收成，
忘了憂愁，

忘了白髮悄然上頭。

——選自《鏡子的反面》

當他臨死的時候

他問自己
當他臨死的時候
那顆星星
是否還會在？

那棵高高的楊樹
如此熟悉
夏天的微風，
是否還安然無恙？

花園裡的那隻小鳥
牠深諳日出的奧秘，
那隻小小的金絲雀
牠生活得可好？

他感到死亡臨近
便閉上了眼睛，
微弱的光芒
出現在另一個世界，

他看見那隻鳥
那顆明亮的星
還有那棵楊樹
從影子裡出來。

在夏天的微風裡
他聽見

太陽
似乎在悄悄升起。

——選自《鏡子的反面》

讓螞蟻加快步伐

不管你高高在上
還是卑賤低微，
抓著王牌的總是死神，

最好還是不要想祂，
快樂地及時享受
將被祂奪走的一切。

別管善良的拉封丹*怎麼說，
最好還是模仿
樹洞中的知了。

讓螞蟻加快步伐，
追逐鮮花和蜜蜂。
在陽光下高歌
沒有人會不高興。

——選自《比黑夜更遠》

*拉封丹（Jean de La Fontaine），十七世紀法國著名的寓言詩人。

消失在你消失的地方

死者啊，你們躺在
夏天炙熱的陽光下，
你們知道生命很輕，
就像運麥的大車
掀起的一陣塵霧。

你們穿著沉重的鞋子，
穩穩地播撒和收割，
你們看著我們累彎了腰
艱難地背著麥子
慢慢地往坡上走。

死者啊，你們躺在
夏天炙熱的陽光下，
當我們驚惶失措
消失在你消失的地方，
是誰不讓你們說話？

——選自《比黑夜更遠》

我還能笑多久

我還能笑多久？
沒有人說得清。
但我這把老骨頭
唱得比豎琴動聽，

（不過我坦率地承認）
有時不免走調。
沒有主人的城堡
你說有何價值？

只要我還有力氣
還能嘲笑自己，
即使老朽也站得筆直，

但願在擺脫羈絆
走向死亡的時候，
能夠無怨無悔。

——選自《比黑夜更遠》

號角

在果園的樹蔭下，
死神吹響了號角，
祂僅僅是在玩耍，
並沒有別的想法。

大家都開始逃跑，
又是跳，又是喊。
大家都開始逃跑……
死神覺得很驚訝。

「他們瘋了，」死神說，
「真是全世界最傻的大傻瓜。
他們瘋了，」死神說，
「我不過是在玩耍。」

「我不會帶走任何人，
我只是拿起了號角。
我不會帶走任何人，」
死神說，「我只是在玩。」

——選自《兩個世界之間》

你談起死亡

你談起死亡
就像賣乳品的女人，
她裝飾著庸俗的店鋪
忙於自己的生意。

從此，十字架和教堂
對你不再重要！
上帝樂得在外
曬太陽逍遙。

如果沒有信念
流浪會很沉悶，
就像強光刺眼，
喜鵲盲目亂飛。

——選自《比黑夜更遠》

看著船一艘艘駛過

看著船一艘艘駛過
他明白了不少道理。
他在白屋窗前
等待死神來臨。

他知道死神會來，
如女人般搖晃著身體，
祂已看慣靈魂如水
在寒風中流走。

他知道，他微笑，
覺得這樣更簡單，
否則得準備郵票
貼在宣佈死訊的信上。

他看著船一艘艘駛過，
看見自己坐在上面，
在湛藍、湛藍的海上
慢慢經過死神身邊。

——選自《兩個世界之間》

當他看見死神敲門

看見死神敲門，他還以為
自己已經死亡，身體冰涼，
死神上樓的時候，
他嚇得說不出話。
死神問了他一句之後，
連聲向他道歉。三樓那個
貪婪狡猾的小寄生蟲，
才是祂要尋找的目標。

如此近距離見過死神之後，
他變得十分開心，

許多年以後，
當死神真來敲門，
他會平靜地請祂進來。

——選自《兩個世界之間》

生命

他在小路上行走
看見了在蘋果樹上的生命。

生命像個果農，
正在採摘蘋果。

它大笑，笑得那麼響
所以四周的鳥兒
都激動地跟著叫喚，
結果誰也聽不清楚。

死神坐在大樹底下，
大理石般又白又冷。

祂雙手抓住果籃，
蘋果全都掉在地上。

蘋果個個都很漂亮，
新鮮又飽滿，

死神放下籃子
踮著腳尖走了。

——選自《兩個世界之間》

無畏者

死神停下腳步
迎面看著他。
可他不慌不忙
繼續走向廣場。

死神跟著他，
他聽見身後
死神腳步響，
但仍不慌不忙。

死神跟累了，
乾脆超過他。
他跟著死神走
心裡有點怕。

走到大街口
死神突拐彎，
當他趕到時，
死神已無影。

——選自《兩個世界之間》

死神對他們放話

死神對他們放話：
「我中午要去城堡
取你們三人的腦袋，
快把吊橋放下。」

最膽小的那個
跑到山後躲藏，
結果落入敵手
吊死在城堡門前。

最多情的那個，
忘了死亡之約，去看朋友，
死神等到次日，
抓住他的雙手。

最自豪的那個
坐在吊橋邊等待，
等了幾天幾夜，
卻不見死神到來。

——選自《小傳奇故事》

我將前往高高的麥田

坐在陽光下

他坐在陽光下，
不斷地用
停滿鴿子的新屋頂
和翠雀歌唱的小木籠

用一棵年幼的櫻桃樹
（它在風中搖不停）、
用一朵卑微的小白花
（四瓣銀色的花蕊）、

用一把小鑰匙
（哪怕已鎖不住什麼門）、
用柱子的圓影、
用落下的樹葉，

用剩下的灰塵，
用友好的握手，
（他坐在陽光下）
把命運重新安排。

——選自《兩個世界之間》

文字的魔力

於是，房間變成了一口井，
燈，成了一顆被淹沒的星。
這棵搖搖晃晃的植物
誰還認得出原來是一張床。

時間，在床單上轉動
恰似鐘的指針，
投擲波浪般的反光，
牆變得黯然失色。

只聽到波浪聲
在遠處劈啪響，
像一艘船沉入海底。

魔術師驚詫不已：
悄悄說出一個字。
竟能改變世界。

——選自《兩個世界之間》

不滿者

他有一頂天做的帽子，
和一臉雲做的鬍子，
風吹過時為他編織
聖詩與翅膀的大衣。
在他周圍
燕子正去朝聖。

宇宙是他的教堂
時間是他的侍衛。
但在他的心中
有那麼多抛錨的破船，

那麼多殘花和灰燼，
他不敢相信自己的幸福。
——選自《兩個世界之間》

我將前往高高的麥田

我將和來的時候一樣
前往高高的麥田，
心中還是那片藍天，
吹拂我的還是那一陣風。

我將看著陽光
在麥穗上移動，
犁鏵向昏睡的村莊
伸出大大的耳朵。

我將像以前那樣，
聽啄木鳥在黑暗中工作。
斜坡上，時間

邁著同樣的步伐
讓地球不停地轉。
只有我不再動彈。

——選自《比黑夜更遠》

但願所有的人

所有的人都靠在一起，
我並不反對。他們是
同一批收穫的種子，

可一旦被撒到土裡，
在夏天生長茁壯，
他們真的願意
是同一棵麥子的麥穗？

收割，裝入袋中，
送進磨坊磨成粉，

做成同一個麵包，
上帝拿在手中掂量，
離那天還早著呢！

——選自《比黑夜更遠》

我怎能停止為你歌唱

我怎能停止為你歌唱！
即使在我睡著的時候，
你不也讓玫瑰盛開，讓月亮
在麥子上舞蹈，讓月光顫抖？

我怎能停止希望！
每隻鳥兒都告訴我你要到來，
每條路都在橡樹下等待你，
每個人都知道你很善良。

上帝啊，世界是如此美麗，
生活如此明亮，如此甜蜜，
最美好的事，就是活著。
可為了看到你，我死而無悔！

——選自《仁慈的時刻》

誰也沒有料到

只要有一點碎石
他就能造一棵樹，
這棵樹十分樂意
讓春天的鳥兒築巢。
風吹刮得累了
坐那兒歇上一會兒。
天空碰它一下開個玩笑
會變得一片湛藍。

太陽感到不可思議
讓影子圍著它轉，

由於這棵樹有生命，
他把它變成了女人，

他不會感到後悔，
因為她的笑容裡

有藍色的風，陽春的天，
還有鳥兒鍾情的太陽。

但誰也沒有料到
鴿子停在她的手上。

——選自《鏡子的反面》

筆記

他翻開一本筆記
看見月光
照亮他的鋼筆。
他怕打擾它
甚至不敢開燈。

儘管想知道
它悄悄地寫什麼，
他還是躺下了，
讓月亮在黑暗中
獨自說個痛快。

第二天，
筆記變得碧藍。
他翻開一看，
有隻手在畫奇怪的符號，
符號太怪了，手還在畫，
紙卻重新變白。

——選自《鏡子的反面》

山楊葉

他說：山楊葉
如果不再抖顫，
整個城市
便會立即蒙難。

葉子一直在抖，
災難卻仍發生，
甚至光天化日
它也明目張膽。

他總是憐憫
聽他說話的窮人，
他們就像銀色的山楊
一直不停地顫抖。

因為他們的災難
比風來得更遠，
在他們恍惚的眼中，
風讓所有生者顫抖。

——選自《鏡子的反面》

櫻桃樹

櫻桃樹突然發笑，
不知什麼原因，
麻雀聽見它笑
都跟著笑了。

笑聲傳到屋裡
越過樹梢，
一直飛到天邊。

「人間出了何事？」
上帝不勝驚訝。

他來到天堂
圓圓的窗邊。

大家都圍著櫻桃樹
笑個不停
卻不知什麼原因，

上帝也只好
捂住自己的臉，
免得天使和聖人
看見他無端發笑。

——選自《神燈》

你為什麼沉思

人遇到了一隻鳥，
便問：「你為什麼歌唱？」
「如果我知道，」鳥答道，
「我也許就不會再唱。」

人遇到了一頭鹿，
便問：「你為什麼玩耍？」
「如果我知道，」鹿說，
「我還會再玩嗎？」

人遇到了一個孩子，
便問：「為什麼這樣笑？」
「如果我知道，」孩子說，
「我還會這樣笑嗎？」

人走開了，若有所思，
他經過一個墓地，陽光下
有棵茁壯的紫杉，
紫杉問：「你為什麼沉思？」

如同黑暗中的鳥
和林中空地的鹿，
或天空下微笑的孩子，
他不知如何回答。

——選自《挑戰命運》

天空在等待黎明

只要人們謙遜一點，
一切不是會更加簡單？
可誰願意互相理解
讓眼睛透露內心？
人們總是選擇
所有河流都不願流經的地方。
他們想扭轉局勢，
卻不知水有多深，
於是繼續隨波逐流，
一路沒有斑鶇，
兩岸沒有薄荷，
忘了激流下面

天空在等待黎明。

——選自《比黑夜更遠》

心啊，我徒勞地掏空了你

心啊，我徒勞地掏空了你，
如同人們掏空井底，
你為什麼一片嘈雜？
幸福可不取決聲音的大小。

天空在井裡顫抖，
是不是有誰知道
我為什麼還要去井邊？
是想看看自己的模樣？

一彎腰，我就會目眩！
那裡就像是一座森林
奔跑著白色的母鹿，
跳躍著紅色的鼬鼠。

心啊，我徒勞地掏空了你，
如同人們掏空井底。
你的黎明有黑夜的顏色，
幸福的人總來喝明淨的水。

——選自《比黑夜更遠》

詩人的祈禱

我不會翻土，不會耙地除草，
我吃的麵包，麥是他人所種。
但人間的所有柔情，
上帝啊，皆我播撒。

我不會用堅固的石頭砌牆，
也不會安裝透明的玻璃。
但世間所有的幸福
上帝啊，皆我創造。

我不會用泉邊的燈芯草編籃，
也不會加工羊毛拉絲線。
但為保護心靈而編織的一切，
上帝啊，皆出自我手。

我不會演奏流行的舊曲，
甚至記不住一篇禱文，
但陶冶心靈的所有歌曲，
上帝啊，我都唱過。

我的生命和諧地在祢腳邊流逝，
我曾是謙遜的孩子，今天依然。
一個誠實的孩子能給的東西，
上帝啊，我也能給。

——選自《仁慈的時刻》

我就像一隻羊羔

現在我就像一隻羊羔，
在灰色的狼群中奔跑，
現在我就像一隻羊羔，
在白色的羊群中蹦跳。

現在我突然長出了羊毛，
身上總帶著冬青的刺，
現在我突然長出了羊毛，
遠離了蕁麻和痛苦。

我在小溪旁邊，
吃了什麼仁慈之花？
什麼仁慈之花，
狠狠地拽著我的繩？

牧場是多麼青翠，
我的鈴鐺多麼響亮，
牧場是多麼青翠，
天空和流水都向我微笑。

——選自《仁慈的時刻》

什麼事都沒有發生

什麼事都沒有發生。
大地冷漠地看著
狗奄奄一息，
像人一樣無可奈何。

預感到陰森的沉寂
將淹沒牠的哀號，
另一隻狗已經前來
將為垂死的人哀悼。

乾草強烈的味道
在茅屋上方變成夢想，
屋裡的最後一個僧侶死了，
雙手捂住臉龐。

什麼事都沒有發生，
另一隻狗已經前來。

——選自《逝水》

那是女人還是仙女

那是女人還是仙女？
啊，奧勒岡草的香味！
晨霧把她交給了我，
笑著沿橡樹林逃走……
不，別碰她的肩，
愛人啊，屏住呼吸！
我很難跟得上她，
一腳夢，一腳花，
一直來到那個村莊，
村莊顫動著，就像滾燙的銅器！

——選自《愛人》

只聽見外面在下雨

夜裡，有月亮

夜裡，有月亮，
白天，有太陽。
我的心中，有月亮，
也有太陽。

路上，有樹木，
村裡，有城堡，
我的心中，有樹木，
也有城堡。

海上，有船帆，
雲後，有星星，
我的心中，有船帆，
也有星星。

地上，有天空，
空中，有眾神，
我的心中，有天空，
也有眾神。

——選自《怨》

世界是美好的

世界是美好的，他微笑著
不斷重覆。
儘管許多人，喪心病狂
劫掠著它。

千萬不要對他們說
我曾懷疑，
因為事情並不如想像的
那麼糟糕。

告訴他們，我是站著死的，
儘管我的心已經衰老
最後會停止跳動。

要不斷地對他們說：
世界是美好的，儘管有人
在花叢中射鳥。

——選自《挑戰命運》

我為什麼歌唱

在我腳下，一切都變成了雜草，
在我指間，一切都變成了沙子，
上帝啊，如果祢不給我指路，
祢想我走向何方？
如果祢不再傾聽
我又為什麼歌唱？

——選自《仁慈的時刻》

大地就是天堂的邊緣

上帝啊，在我死的那天
讓黎明的露水更加耀眼，
讓鳥兒穿過陰暗的白楊
更歡快地歌唱陽光，
讓晚風輕盈得像天空的笑容
讓麵包香甜得勝過蜜糖，
讓目光開闊得像無邊的沙灘，
讓心靈純潔得像晾在牧場上的衣衫，

讓白色的鴿子飛離鴿籠時
嘴裏都銜著和平的橄欖枝，
讓我周圍的人都想起我曾說過：
大地就是天堂的邊緣，
上帝啊，是祢，在曙光中撥開
抖動的樹葉，歡迎我們的到來。

——選自《仁慈的時刻》

詩人之死

我又坐到了桌前，
面對同樣的書籍。
外面下著小雨，淅淅瀝瀝。

我可知道為什麼要寫？
紙張沙沙作響，
如細雨在樹葉中流淌。

我在筆記裡寫上幾行，
宣佈一個詩人死亡，
人們剛把他悄悄地埋葬。

我想起他深深的皺紋，
看著秋雨下個不停，
有時，他已經看破紅塵。

我仍然坐在桌前，
問自己為何這麼悲傷，
為什麼要寫下這可憐的詩行。

——選自《怨》

你要知道為什麼！

你要知道人為什麼活著，
你要知道人為什麼會死。
為什麼鳥兒要離開窩，
為什麼那麼多女人哭泣？

正如我每天看到蘋果樹
給花園帶來蔭涼，
風每天都與樹木玩耍，
太陽把金光灑在我手上。

我就此忘了時間流逝，
我再也弄不清
自己輸了還是贏。

在我晚上將坐的長凳上
我占了那麼多地方，
以致那個可憐的人

找不到坐的地方。

——選自《比黑夜更遠》

你就這樣幾小時地聽著雨聲

你就這樣幾小時地聽著雨聲，
什麼都不想。
你傾聽雨水在你心中流淌
就像滴在樹上。

你不知道為什麼
自己不悲不喜，
滴答的雨水為什麼讓你
臉貼著窗，心卻空空蕩蕩。

你就這樣幾小時地聽著雨聲，
可你是否肯定
敲打著你的心，如撲打杉樹的
是雨而不是其他？

——選自《比黑夜更遠》

他以為抓住了天使

他抓住了裙擺，
便以為抓住了天使。
然而，這不過是
兩極之間的第一道曙光。

黃昏時分
他覺得最為幸福，
卻發現掌心
只有一根羽毛。

他相信看見了
黑夜降臨屋角。
其實，那不過是
地毯上的一朵銀蓮花。

然而，天使出現了，
一身潔白，
扁平得就像
大筆記本中的一頁。

幾年來，他在筆記上
細心記錄
他如何抓住天使，
並對此深信不疑。

——選自《鏡子的反面》

解夢的鑰匙

他擁有解夢的鑰匙。

他清楚地知道自己
不會去開客廳的門
和碗櫥的抽屜。

朋友們都很納悶：
「這把偷偷得到的鑰匙，
他到底用來幹嘛？」

他在斗篷下偷笑，
「為什麼要有用呢？」
他從來不去試它。

他一直滿足於想像，
想像著它打開了一個世界，
幸福得讓人流淚。

——選自《鏡子的反面》

他覺得赤裸更美

他喜歡不穿衣服。
他覺得赤裸更美，
最後乾脆沿著田野
在森林和草地裸體散步，
神情如此天真，
遠離所有罪惡，
所有碰到他的人
都信誓旦旦地說
看見他穿得嚴嚴實實，
就像巨大的蕨草叢中

一道金色的陽光。

——選自《鏡子的反面》

既然世界在他身上

既然世界就在他身上
他就是整個世界。
他就是白天、黑夜、天空
和在空中飛翔的鴿子。

所以，他採摘星星
就像摘園中鮮花，
他雙手一推
把船送到遠方的海灣。

他甚至從無限的深處
喚來一顆顆彗星，
要它們圍著行星
默默地不停旋轉，

至少，他自己這樣認為。
他很少出門，出去，
只為了在陰暗的山谷
尋找山毛櫸的果實。

——選自《鏡子的反面》

他想走出死路

他想走出死路，
可惜門太低矮。
他想登上屋頂，
可惜樓梯太窄。
他想打開窗戶，
山毛櫸的枝葉
擋住了他的視線，
讓他看不清花園。

天空沉沉
壓向低矮的門，
壓向窗，壓向屋頂。

——選自《鏡子的反面》

他不想再做自己

他不想再做自己
而想成為自己的朋友，
他覺得朋友比自己好。

哦，天哪！他做到了。
但他忘了，成為他人，
就是不成為任何人。

而且，沒有人不願意
想方設法成為自己，
哪怕靈魂低下，

哪怕畏懼上帝。

——選自《鏡子的反面》

他對大地說話

他對大地說話，
對光芒說話。
大地對他說：
「我不認識你。」

他對大海說話，
對船和星星說話。
大海表情嚴肅，
屈尊對他一笑。

接著，他又對天空、

對風、對彩虹說話。
天空回答他說：
「你不是這裡的人。」

於是，他直接找天使。
然後又跟上帝說話。
將來，總有一個星期天
他應該會在那裡！

他聽到了自己的回音，
聲音沉悶難聽。

——選自《鏡子的反面》

只聽見外面在下雨

城堡裡到處都是燈
多得像塔樓的雉堞。
公主們目光詫異
不停地在裡面兜圈。

她們拿著金鑰匙
不知道打開了什麼門，
只聽見外面在下雨，
像是陽春三月已來臨。

影子們孤寂地自語，
國王自己也不知道
這領地是夢還是真。

吊橋是個神秘的地方，
衛兵穿著藍色的服裝
與天空的顏色難分辨。

——選自《鏡子的反面》

簡樸

他只有一張
雕花的白木桌，
還有一把草做的椅子
可坐一個孩子，
牆上掛著
幾張舊畫，
一扇小小的窗戶
透進大片藍天。
為了開始新的生活
一顆心，那麼大，那麼深，

上帝也被罩在陰影中。

——選自《鏡子的反面》

靈魂

他久久地洗滌
自己的心靈，
然後來到花園
把它掛在樹邊的繩上。

他坐下來，微笑著
看尚未晾乾的靈魂
像一件新衣
在風中飄動。

突然，他發現
心的旁邊有個印記，
於是細心把它洗掉。

可靈魂一掛回去，
印記又馬上重現，
就像花一樣鮮豔，

一朵心形的紅花。

——選自《鏡子的反面》

影子

他弄丟了自己的影子，
丟在哪？他已記不起。
那裡有太多馬路，
他大半都不熟悉。

天哪！影子該有多輕！
否則，它現在怎能
這樣貼地滑行，
讓他以為身在外星。

他張開的雙手
難道不像是窗戶？
朋友們看見
天空突然在那裡隱現。

然後，他隨心所欲，
變成了刀椅桌凳，
他一直想變成燈，
但每次都猶豫不決。

有燈就會有影，
那還會是自己的影嗎？
行色匆匆的白晝暗了，
風在橡樹林中呻吟。

——選自《兩個世界之間》

永恆

他已百歲高齡，
大家都不相信。
他就像個孩子，
又唱又跳又喝。

他用他的雙手
慢慢地改變了
世上的每個人，
他們都怕沒有明天。

他甚至創造了
人們熟悉的一個神靈，
就像捏個麵團，
偉大的神在跟他聊天。

他已百歲高齡，
大家都不相信。
他就像個孩子，
又唱又跳又喝。

——選自《兩個世界之間》

大雨

天下起了大雨，
他躲到了樹下。
雨水淹到樹根，
他轉移到門前。

小屋的木門緊閉，
雨卻向村裡襲來，
水很快會淹到門口，
於是他又爬上窗臺。

聽到屋裡有人說話，
他便敲門進去，
發現屋裡的桌椅碗櫥
都被雨水浸泡。

「請坐！」一個聲音說，
「排隊等待吧，
你已死了三天。
天是雨是晴
已與你無關。」

——選自《鏡子的反面》

浴女

金色的海浪
像空空的貝殼，
北風把浪中的浴女
刮上了天空。

天上比天使還美。
一切都在預料之中
所以八月初的這場飛行
並不覺得有什麼奇怪。

大家看到她在天上
撒著金黃的麵包屑
在餵海鷗，並推開雲霧

在天空翱翔著下降，
慢慢回到水面，
神情十分自然。

——選自《兩個世界之間》

心

他確有使徒之心。
很想讓眾人看清。
他取出心，綁在
一棵洋槐樹上。
眾人笑著走過，
全都視而不見。
他又另選樹木，
一棵高大的五針松。

幾個月過去，人們途經
都沒有看見這顆心。

他把心放在路邊，
放在冰冷的街上。

人們熟視無睹，
踩著它前行。

它一旦被放在聖體顯供臺上，
人們就紛紛前來瞻仰。

——選自《兩個世界之間》

神

人們把神從廟中趕走，
又打爛了神像，
能證明神來過的地方
所有的燈都被熄滅。

可人們看見神在樹上，
聽見祂在鳥群中說話，
甚至在大理石上面
都發現祂長長的腳印。

人們遷怒於森林，
因為風中有祂的聲音，
又砸了所有的十字架，
甚至還射殺了戴菊鶯鳥。

人們以為祂終於死了，
卻不料祂重又出現，
如一個老農，一大早
便在晨光中播撒麥種。

——選自《兩個世界之間》

鳥

他抓住了那隻鳥
砍掉牠的翅膀
鳥卻飛得更高。

他再次抓住牠時，
砍掉了牠的腳。
鳥像小船一樣滑行。

他砍掉牠的喙，
鳥像豎琴一樣
用心來歌唱。

於是他砍掉了牠的脖子。
但鳥的每滴血
都化作一隻更漂亮的鳥。

——選自《兩個世界之間》

海

由於老是盯著大海，
他最後已看不到海，
只看到自己，看到自己，
像是在照鏡子。

於是，從淩晨到晚上，
他身上都是碼頭、
輪船、海浪和燈光，
不知不覺成了港口。

帆船駛入他的眼睛，
海燕飛入他寬廣的心，
美人魚，在他的聲音中

憂傷了那麼久，
有時他都忘了
自己是天空還是海。

——選自《兩個世界之間》

那天你在做什麼？

割草的人在堆草垛時，
你在做什麼？
女傭滿懷愛心地烤麵包時，
你又在做些什麼？

啊！你總是那麼不慌不忙！
只會在別人不聽的時候唱歌，
你像野花，像被追的椋鳥
選擇了最糟的道路！

今晚，山中的樹在你窗前搖曳。
你的明燈獨自在布拉邦＊的船首閃亮。
黑夜的舷窗外，新的一天即將開始。
它還會讓你像以前一樣窮？

——選自《比黑夜更遠》

＊布拉邦（Brabant），屬於比利時中部的一省，也是卡雷姆的家鄉。

活著並不總那麼有趣

作家

「我比你知道得更清楚，」
他說，「生命是個悲劇，
我所寫的一切，
並不比螞蟻的工作
更正確、更有用。
我知道，我的快樂
沒有理由，
但佈滿荊棘的宇宙
如果不用光芒把我照耀
我將一事無成。」

——選自《挑戰命運》

黑蜘蛛

最糟的，不是饑餓
哪怕它餓得你眼冒金星；
最糟的，也不是寒冷，
哪怕它凍得你十指僵硬；
最糟的，是身體錯亂，
精神
像掛鐘一樣搖擺；
是可怕的黑蜘蛛
在你心中佈網抓著你，
怎麼也跑不掉。

——選自《之後呢？》

你回來時會厭倦一切

你回來時會厭倦一切，
桌上光澤誘人的麵包
你再也吃不出味道。
明天，你的歌聲會失真，
因為你不得不唱。
聽到鳥兒的歌聲是那麼清脆，
你會忍不住悲泣。

——選自《仁慈的時刻》

時間不等人

要嘛進，要嘛出，
時間不等人。
我們進出的
都是同一扇門。

血與淚
現在是它
——小心以此為傲的人！
唯一的魅力。

烏鴉呱呱地叫，
牧草已被割掉，
車轍早已厭倦。

上帝
從不在同一地點
涉水過河。

——選自《比黑夜更遠》

生活並非灰色

永恆？笑死我了！
誰會在煎鍋裡
放點濃煙？

無限？誰會在
長滿雜草的城堡裡
浪費生命？

跟你談論命運
不如站在窗前
給麵包抹奶油，

窗子大開，窗外就是花園。
生活並非灰色，而是綠的，
而且……它對命運一無所知。

——選自《比黑夜更遠》

幸福地活著

樹木不會問自己
在森林邊幹嘛。
太陽不會戴著錶
照著時間起床。
池塘從沒見月亮
在夜裡數著錢財。
天空，它不思想，
而只讓星星歌唱。

風一點不在乎
自己是熱是涼。

那麼，人啊，你為什麼思想！
幸福地活著，這難道還不夠？

——選自《比黑夜更遠》

虛無

我遇到了空間，
它驚訝地看見
一個老頭
懷裡抱著世界。

後來，我又遇到了無限，
臉深埋在
憂慮的床上。

接著，我又追逐時間。
它邊笑邊走邊玩，

看起來真像個孩子。

絕對
只是一條小狗
在自己的角落裡轉圈。

然而，最奇怪的是
虛無。它立刻就把
自己喜歡的樣子
全都攬在眼前。

——選自《比黑夜更遠》

別問我多大歲數

別問我多大歲數，
我早已沒有年齡。
我就像一本漫畫
這裡的人不會再看。

我喜歡看雲飛雲舞，
似乎有些不該，
我失去了旅行的興趣，
生活的藝術，就是赤誠。

有的日子，我懷疑
自己一直行走的道路
是否真的存在。

於是我小心行走，
好像黑夜裡每走一步
都有可能無聲地掉入井中。

——選自《比黑夜更遠》

有的日子

有的日子，我都忘了
我是人還是迷路的狗，

有的日子，我追逐藍天
敏捷得自己都不敢相信。

有的日子，我不停地播撒辭彙
它們天真得變成了鳥兒。

有的日子，我的心不再設防，
因為它知道了為什麼

一切都那麼善良、明亮、
簡單得如在桌上或土裡畫圓。
有的日子，我真的隨心所欲，
好像自己是在過節。

——選自《比黑夜更遠》

讓別人去呻吟……

「所以，讓別人去呻吟，
讓別人去乞憐或受騙上當。
如果我是藍的，」風信子說，
「那是因為上帝願意這樣。」

「世上的一切光芒
不都在孩子臉上閃耀嗎？
他夾著麵包
正在小路上攀爬。

你知道，西班牙國王
儘管有金墓、大理石墓
但他們還不如
在樹下玩耍的老鼠。」

——選自《比黑夜更遠》

陷阱

做個麵包要那麼多的麥子，
需要那麼多辭彙才能一言不發！
被那麼多東西捆住了手腳，
我們只能自嘲地對之一笑。

然而，有那麼多路要走，
有那麼多山要翻！
我們留下了那麼多憂傷
總有一天，必須忍受。

「快，」未來喊道，

「扔掉你所有的回憶，
看！死亡已在遠處
悄悄地設下陷阱。」

——選自《比黑夜更遠》

我生來是為了……

樺樹啊，不是我
折斷你的枝幹。

太陽啊，也不是我
讓你在草上滴血。

人類啊，更不是我
拆開了相愛的戀人。

我生來是為了開門，
為了憐憫動物，

為了讓世界上
能夠團聚的人團聚，

讓世上所有的星星
都和我一起跳圓舞曲。

為了告訴眾人，善良
就像停滿鴿子的屋頂，

以創造一個（如果有必要）
從未懲罰過人類的上帝。

——選自《比黑夜更遠》

我不認識的朋友

你不讀報紙，
也不用謊言這磚頭
改造舊世界，
你只知道
在黑暗中工作。

為了快樂地在陽光下走走，
喜悅地在森林裡撫摸綠葉，
開心地數著自己的腳步
你這才出去散步。

你心滿意足
給麵包抹上奶油，
喝山澗的露水，
津津有味地吃著
剛剛採摘的草莓。

晚上，在燈光下，
你平靜而溫柔的手
沒有感到別的顫抖，
只覺得太陽穴輕跳，
你在作驚人的旅行。

我不認識的朋友，
來找我呀，還等什麼？

——選自《比黑夜更遠》

老了也挺好

老了也挺好，像蘋果
在緩慢搖晃的枝頭悄然成熟，
從花變成飽滿的果實，
從幼童變成大人。
隨著黑夜來臨，世界
在我們腳下不斷長大。

——選自《比黑夜更遠》

籬笆

是的，我知道，
時間會讓沙漏累死，
我的心，永遠永遠
也不能讓時間倒轉。

我知道，想哭時
就應該放聲大笑，
桌子一收拾乾淨
就應該起身走人。

我知道，可我希望
上帝啊，但願有一天，就一天，
能回到佈滿星光的籬笆邊，
我曾在那裡歡笑。

——選自《比黑夜更遠》

天真的人

他尚無涉世經驗。
不讀書不說話，
以為偏僻的荒野
只有亞麻開花；
以為老鼠活著
只為了讓貓取樂；
地球之所以轉動，
他說，是因為一切正常。
一點點事，他就喊就笑。
在他看來，上帝
只是個破玩具，

晚上害怕或煩惱時
才拿出來玩玩。

——選自《鏡子的反面》

一個幸福的人

每個周日早晨，
他都切一片藍天。
他用鳥兒的歌聲
來平息自己的渴望。
他在露水中淋浴，
在樺樹林中歇腳，
心中如有煩惱
只與花草訴說。

但他並非怪人，
總是心平氣和。

別人抽菸他也抽，
別人討論他開口，
該說的話他才說，
別人不問他不答。

——選自《鏡子的反面》

他們隨時會走

「那就找吧，」他們說，
「你們最後終能找到。」
他們一找到線索
便怎麼也平靜不下來。

「那就愛吧，」他們說，
「你們最後會青春煥發。」
他們一找到翅膀
便什麼也拉不住她們。

時光徒勞發愁，
他們隨時會走，
跟著鳥兒，翻山越嶺，

想去哪兒去哪兒，
狂熱的目光盯著眼前，
腳上的靴子厚達半尺。

——選自《鏡子的反面》

生活多奇特

我知道，生活多奇特，
——人們已說了好多次！——
但並不是所有的樹枝
都能掛上甜蜜的果實。

今天，天空很藍，
但須作最壞的打算，
風暴並不遙遠，只有上帝
才有未來的鑰匙。

儘管我們猜想
祂總帶著鑰匙，
我們卻說不准
祂是否會替我們開門。

地球及星辰
不過是在轉圈。
唉！我們不是星星，
而是母狼和綿羊。

——選自《比黑夜更遠》

我，只能是我

我，只能是我，
不可能成為他人。
你可見過芝麻
變成麥粒？

我不會唱別的歌
除了自己的節目。
斑鳩沒有大膽的麻雀
那麼高的調子。

除了簡單的事實
我不能告訴你一切，
我非宗教使徒，
而是普通百姓。

我是否比別人更幸福？
我不知道。
可是，我的東西就是你的，
你儘管要。

——選自《比黑夜更遠》

總是從別人那裡偷點什麼

總是從別人那裡偷點什麼，
這裡偷隻狗，那裡偷隻雞，
如果你真這麼窮，
該向國王乞討。

你雕刻圖像的木頭
白得賣不出價錢。
在這實用的時代，要的是黃楊，
你的作品，人們看不上眼。

別再向我們誇耀
你的天牛、灰雀和樹木！
你畫的太陽，被人嘲笑，
你所用的金色也被亂塗。

至於你的心，去它的吧！
你以為我們那麼天真，
只有談論和平與幸福
才能把我們吸引？

——選自《比黑夜更遠》

活著並不總那麼有趣

你白白地擁有高蹺，
因為你從來走不快。
你到處狩獵和追捕，
最後輪到自己被抓。

時間永遠不會消失，
它用尖叉刺你的腰，
你剛剛夢想明天，
明天就成了昨天。

啊！活著並不總那麼有趣！
骨牌有作弊之嫌，
偶像的中心空空如也。

到處都一樣，
骨子裡同樣寒冷，
死亡破壞了一切。

——選自《比黑夜更遠》

生活是件平常事

別聽哲學家的，
他們夸夸其談。
米缸裡的一粒米
也比口袋裡的書有用。

別讀那麼多小說，
只有一個主人公
能讓你激動，
那就是你，其他一切皆空。

你希望世上有多快樂
自己就能多快樂？
別期望太高。
生活是件平常事。

詩人龍薩曾勸埃萊娜*：
「別等到天明。」
及時行樂吧，趁你還活著，
死了就再也說不了話。

——選自《比黑夜更遠》

*龍薩（Pierre de Ronsard），十六世紀法國著名詩人，著有《致埃萊娜的十四行詩》等。

La liberté

Je suis la liberté,
Répétait-il, la liberté
Avec tous les dangers
Que je vais vous valoir
Et, pour me faire taire,
Il faudra me tuer.

Mais on le laissait faire,
On le laissait parler.
Il était bien trop solitaire
Pour amener l'homme à briser
Le cercle de fer et d'acier
Où l'injustice et la misère
L'avaient peu à peu enfermé.

Je suis la liberté,
Répétait-il encore.
Regardez-vous! Vous êtes morts.
Mais comme on avait à manger,
On le laissait crier.

Maurice Carême

溫暖的雨輕輕地落在屋頂

自從妳去世的那天起

自妳去世的那天起
我們便沒有分開過。
母親，誰會懷疑我懷著妳，
就像妳曾懷過我？

為了找妳，我讓自己衰老，
我老一天，妳就年輕一天，
如果我是妳最初的痛苦，
妳將是我最後的哀傷。

當我學會久久地受苦，
默默無言，像妳一樣，
妳蒼白的微笑
就已浮現在我的臉上，
因為我們成了同齡人。

——選自《沉默的聲音》

幸福像隻聽話的狗

霧蒙住了鏡，雪蓋住了鳥，
寒冷凍壞了窗戶，全是徒勞！
你還活著，世界就像快樂的村莊
在丁香叢中設立的一個祭壇。

你還活著，平靜地坐在爐邊，
爐火變得小小的，在你眼中閃耀，
幸福像隻聽話的狗，
你一喊，牠就來輕輕舔你的手。

你還活著，就在我身邊，生命
平靜地向我傾注了那麼多能量，
我聽到它在我腦海中嗡嗡作響，
就像石底下奔流的一條小溪。

——選自《白屋》

我的心是塊黏土

你用雙手
捧著我幸福的心，
它只是一塊顫抖的黏土。
你把它做成一個美麗的花瓶，
裡面插什麼，什麼就會歌唱。

——選自《女人》

線

我們的目光相連。
你拿起精美的剪刀
卻沒能分開
你我之間的目光。

你對我說：
「我要剪斷
我們的視線。」
剪刀「喀嚓」一聲……

但我馬上感到
沉重的眼皮裡，
有隻鳥在心跳，
牠剛剛受了傷。

——選自《獻給卡普琳娜的歌》

如果我是海鷗

如果我是海鷗
天知道你會怎麼想。
有時，藍天就在頭頂，
可我沒有翅膀。

紅色的爪，白羽毛，
啊，你一定會滿意！
漫長的星期天，我會飛來
在你的膝蓋上歇息。

我會用喙撩你生氣，
你卻溫柔地撫摸我的脖子，
你以為正與愛情遊戲，
卻不知它何時變成了瘋鳥。

你嗓子一提
如海風刮起。
路過的海鷗
像野鴨一樣大叫。

我們將待在窗邊，
兩個人怎麼只有一顆心？
夜晚也許把我們當作
來自別處的鳥兒。

——選自《北海》

溫暖的雨輕輕地落在屋頂

聽！溫暖的雨輕輕地落在屋頂，
滴滴答答，響成一片，
正如輕輕落在我們身上的愛情，
在我們心中，不斷默默迴響。

到吃點心的時候了。蛋糕
在白色的桌布上金黃。
我吻著你的手，它們剛切過麵包，
還散發著撲鼻的濃香。

我想彎腰抱住你的膝蓋，
想說幸福這麼快就已來臨。
你卻溫柔地摟著我的脖頸
用齒印在我愛吃的水果上做出記號。

——選自《白屋》

你是我的快樂

你是我麵包中的香味，
你是我一週中的假日，
你是我掌心中可辨的
命運之線，
你是我的快樂我的痛苦，
你是我的歌，我的膚色，
你是我溫暖的血管中
讓我的心跳動的血。

——選自《白屋》

踏上你的路

踏上你的路，這是解脫，
你好像把昔日的鐘
藏在你的山谷，鐘輕輕敲響，
喚我從童年深處向你走去。

這是歌唱的森林，歡笑的草地，
是我爬過無數次的溝壑，
在你的斜坡上，我突然找到
以為丟失的甜蜜記憶。

在你的天際間，我變得很廣闊，
緩慢成熟的麥子掀起巨浪
讓高高的楊樹林難以承受，
只聽見你的樹枝在我耳邊搖晃。

——選自《白屋》

妳的手變得那麼寬大

妳的手變得那麼寬大，
母親，在這神奇的空間
妳可以抓住一切，
那裡充滿了我的回憶。

現在，我看見了
人世間事物的反面：
一切都有反光，包括黑影，
我終於看到了
我以為看到過的鴿子。

——選自《沉默的聲音》

享受生活吧

人們又跳又唱
以為自己幸福，
其實是在玩火，
匆匆走向死亡。

時間在走啊走，
兩千多年了
心一直在抱怨，
卻受人們壓制。

唉，風只吹來
臨死者的叫聲，
享受生活吧
趁你正當時。

——選自《怨》

所有的痛苦都有回音

他夢想當詩人，
上帝讓他臉色平靜，
做事耐心謹慎，
他老是憂國憂民，
獨自沉思、謙遜，
甚至懂得動物的心思，
他的心很寬闊，很年輕，
如同在幽深的洞穴裡
所有的痛苦都有回音。

——選自《怨》

在時間的窗口

我在時間的窗口
遠望著這個世界，
我看見孩童的我
獨自在樹蔭下玩。

我在深深的草叢
笑著在做什麼？
在時間的窗前
一群群鴿子飛走。

我看見自己
像是在說夢話，
我在時間的窗口，
像朵白色的玫瑰
伸向灰色的天空。

——選自《回憶》

微風

枯葉看見蝴蝶
在草叢中飛舞，
便說：
「那是枯葉。」

蝴蝶看見枯葉
飄在門前庭院
便說：
「那是蝴蝶。」

只有微風在笑，
它把枯葉和蝴蝶
都趕到了海邊。

——選自《小傳奇故事》

貓與太陽

貓睜開眼睛，
陽光進來了。
貓閉上眼睛，
陽光還不走。

這就是為什麼
貓晚上醒來時，
我能在黑暗中
看見兩個太陽。

——選自《小丑》

捕鳥人

捕鳥人落入陷阱，
鳥在雪地裡
不停地叫喚，
祈禱他重獲自由。

重獲自由之後，
捕鳥人捕了鳥兒，
他又唱又跳
在雪地裡把牠殺了。

——選自《兩個世界之間》

那又如何？

由於愛，雕像露出了笑容。
可誰也沒有發現。
那又如何！這就是生命，
不管它是不是雕像。

房屋是用石頭建造。
可最後還是倒了。
那又如何！這就是材料，
不管它是不是屋子。

我可以在石頭和雕像上
用陽光來寫作。

那又如何！這是我的方式，
不管我是不是詩人。

——選自《是或者不是》

夜晚總是來得太快

夜晚總是來得太快，
像一朵雛菊，剛用手
捧住一泓陽光，
就看見蜜蜂開始歸巢。

啊，耳邊老聽見永別再見！
時間忠誠地保持著平衡。
我回想起我們的沉默
比清晰的語言還要清晰；

回想起，月亮一片蒼白，
神突然驚訝地發現自己
活在我們心中，
臉色就是那樣。

——選自《愛人》

譯後記

莫里斯・卡雷姆（1899–1978）是國際知名詩人，儘管在中國知道他的人還不多，但這絲毫不影響這樣的事實：他的詩已被譯成世界上數十種文字，甚至包括越南語、羅馬尼亞語這樣的小語種；在許多國家，他的詩都大受歡迎，比如《風箏》在俄羅斯就發行了五十萬冊。在英國，他的詩是中小學生的必讀教材，更不用說在法國了，法國人已把他看作是自己的詩人，甚至把崇高的「詩王」稱號都授予了他。

我知道卡雷姆是在一九九五年。一天，突然接到比利時寄來的一個郵件，打開一看，是一本精美的詩集，一位叫做莫里斯・卡雷姆的比利時詩人詩選。翻讀了幾頁，我就被吸引住了，當時就產生了翻譯的念頭。

詩集是比利時著名詩人、比利時皇家學院院士烏黛絲選編的，也是她請卡雷姆紀念館的館長比爾尼女士寄給我的，因為她認為我應該認識這位比利時人引以為榮的大詩人。一個當代詩人竟擁有紀念館，這足以讓人羨慕。再一細看，郵件右上角貼的郵票，上面印的不正是這位詩人嗎？卡雷姆能上郵票，可見他在比利時的地位。後來，當我到了比利時，我才知道，在布魯塞爾，還有以卡雷姆命名的街道和公園……

讀卡雷姆的詩是愉快的，輕鬆的，因為他的詩淺易明瞭，不用費心地猜，去查考。他絕不賣弄，而是像朋友那樣以詩歌的方式跟你聊天，或告訴你一點什麼。他講的道理，有的你早已明白，讀了以後，發出會心的一笑；有的你也許覺得還有些模糊，經他一提點，你恍然大悟。他在詩中所寫的場景，所講的故事，大多都是在生活中常見的，你會覺得格外親切。事實上，卡雷姆是個大眾詩人，他的詩面對廣大讀者，而不侷限於少數「菁英」。他寫的是身邊事，揭示的是生活中的哲理。對他來說，一切皆可入詩，而且皆「須」入詩，因為他是以詩來觀察、思考和表達的，生活中的一切在他眼裡都成了詩。所以，他的詩不僅數量驚人，而且內容豐富，幾乎無所不包，可以說，詩已成為他的呼吸，成為他唯一的語言，成為他與世界、與自然、與他人溝通的唯一方式。

作為一個大眾詩人，卡雷姆的詩不僅在內容上貼近讀者，而且在形式上也平易近人，語言結構簡單，用詞用句明瞭。但一個詩人，不可能不玩點「文字遊戲」，但他玩文字遊戲的目的，是為了讓詩更生動、更有趣，而不是把詩弄得撲朔迷離，晦澀難懂。他的詩簡短明快，節奏感強，朗朗上口，十分富有音樂性，所以他才會有那麼多詩被譜上曲，廣泛流傳；所以才有那麼多小讀者用他的詩來學語言，來體會和感受法語的韻律美。值得一提的是，卡雷姆是中國古詩的超級愛好者，並從中汲取了不少營養。中國詩的簡約、含蓄、精練以及白描式的意境都可在他的詩中找到影子。卡雷姆學詩寫詩的時代正是現代派文學在西方大行其道的時期，他身處其中，不能不受影響，但他很快就擺脫了那些實驗詩，堅持走自己的大眾化道路。在他心中，讀者高於一切，甚至高於「藝術」，換言之，大眾化是他最重要的藝術。這條路，他沒有走錯，他在世界各國擁有那麼多讀者，獲得了那麼多獎就是證明。當那些紅極一時的詩人漸漸被人淡忘，他卻進入了經典詩人的行列。可以說，他在一定程度上挽救了詩歌。如果我們有多一些這樣的詩人，心中想著大眾而不僅僅是「為藝術而藝術」，詩歌也許就不會落到今天這種尷尬的地步了。

讀卡雷姆的詩是愉快的，譯卡雷姆的詩卻不輕鬆。是的，卡雷姆的詩淺顯易懂，但那僅僅是表面上的東西，在這種淺顯後面潛藏著精湛的藝術。正如比爾尼女士在〈代序〉中所說，這是一種「複雜的簡潔」。而在我看來，這種簡潔是最高的藝術，只有在藝術上達到爐火純青的地步，才敢俗、才敢淺、才敢易。在翻譯過程中，我常常感受到詩後面的這種功力。一首詩，你讀得津津有味，但當你把它轉換成中文時，卻變得索然無味。在翻譯過程中丟了什麼？詩意、節奏、韻律、形式，似乎什麼都沒丟，可詩已不是原來的詩了。在翻譯卡雷姆詩歌的六七年中，我譯譯停停，多次想放棄，但每次都欲罷不能，因為那種魅力是無法抵擋的，那種挑戰又時時吸引著我。我知道有的詩是不能譯的，但「詩之國」的子民讀不到卡雷姆的詩，那將是一種多大的遺憾！一九九八年，我去了比利時，參觀了卡雷姆紀念館，並在卡雷姆故居，亦即詩中的「白屋」住了一晚。那一晚，我和比爾尼女士談了很久很久，並細細察看屋中的一切，想從中找到詩人的痕跡。比爾尼女士告訴我，屋中的物品都是卡雷姆生前用過的，傢俱的擺設和室內的裝飾也與詩人生前一樣。我在「白屋」裡發現了詩中所寫的許多細節，彷彿感受到了詩人跳動的脈搏。那天晚上，我幾乎一夜未眠。躺在詩人睡過的床上，夢想著詩人的夢想，我終於發現譯詩中少了什麼——那是一種看不見摸不著的心靈感應。譯詩的過程是譯者與詩人心靈碰撞的過程，沒有這種碰撞又怎能抓住詩的靈魂，體驗出詩歌的真諦，進而把詩意表達出來呢？

譯卡雷姆的詩難，出詩選更難。在這個普遍浮躁、急功近利的時代，讀詩已成了一種奢侈。繆斯的眼淚又能引起多少人的同情？但比爾尼女士說，繆斯女神是不需要同情的，她是高貴的象徵，遠離繆斯只能說明人性的墮落。比爾尼女士不是詩人，但她為詩，為詩人所做的一切，讓許多所謂的詩人都感到汗顏。她曾是卡雷姆的秘書和助手，更是卡雷姆忠實的讀者，她的熱情、忠誠和美麗曾激發起詩人的許多靈感，卡雷姆有不少詩就是獻給她的，後來還把這些詩集結成冊，取名為《情人》，題贈給她。詩人去世後，比爾尼夫人為傳播他的詩到處奔走，並把它作為自己畢生的事業。她為詩人放棄了自己的愛情和婚姻，也為詩人獻出了自己所有的時間和精力。二十多年來，她舉辦了不知多少場展覽和講座，出版了不少研究文集。在她的主持下，「卡雷姆之友」協會在金錢與商品大潮中仍活動得有聲有色，卡雷姆紀念館訪者不斷，卡雷姆研究期刊也一直按期出版。在每年的巴黎書展上，我都能看到她熟悉的身影。她為卡雷姆設了一個展臺，佈置得漂漂亮亮。儘管光顧者不多，但她的這種執著，這種忠誠，相信接觸過她的人都會永生難忘。在她身上，我又看到了詩歌的希望。

胡小躍

二〇一二年十一月

Généalogie

Être Maurice, ce n'est rien
Bien que ce soit le nom d'un saint.

Dame ! être Carême, c'est mieux
Mes vieux n'ont pas froid aux yeux.

Et ma mère, c'était une Art.
Ce n'est certes pas par hasard

Puis, elle s'appelait Henriette
Vous avez là rime à poète.

Et je suis né, comblé de veine,
Dans la fraîche rue des Fontaines.

A quoi bon encore insister ?
N'étais-je pas fait pour briller ?

Hélas ! et c'est ce qui me navre,
Nul ne le sait, pas même à Wavre
Où je suis né.

莫里斯・卡雷姆生平年表

一八九九年　五月十二日，莫里斯・卡雷姆生於比利時瓦夫爾。
一九〇五年　在家鄉上小學，家鄉以後將成為詩人最重要的創作靈感。
一九一一年　上中學。
一九一四年　首次寫詩，獻給童年的女友。
上蒂爾勒蒙師範學院，法文教師發現了他的創造才華，鼓勵他寫下去，並指導他讀法國現代詩人的作品。
一九一六年　寫《大學生之歌》。
一九一八年　畢業後的第一份工作是小學教師。
一九一九年　創辦《我們的年輕人》刊物。
一九二一年　詩作《水塘》被譜曲。
一九二四年　結婚。
一九二五年　出版第一部詩集《跳鵝遊戲的六十三幅插圖》。
一九二六年　受未來主義影響，出版《資產者旅館》。
一九二七年　《資產者旅店》獲凡爾哈倫獎。
一九二八年　出版《一個捧場者的犧牲》，並在阿姆斯特丹的奧林匹克競賽中獲獎。
一九二九年　上音樂學院朗讀班進修。
一九三〇年　發現創作兒童詩的樂趣，語氣恢復簡單明瞭的風格。開始寫《母親》。

一九三一年　出版《致卡普琳娜的歌》，並在布魯塞爾獲蒂爾斯獎。
一九三二年　與朋友共同創辦《詩人日報》。
一九三三年　出版《螺旋槳的反光》。
出版論文集《孩子們的詩》。
獲音樂學院朗誦獎一等獎。
白屋落成。
一九三四年　詩集《花的王國》在巴黎獲青春文學獎。
一九三五年　詩集《母親》出版。
一九三七年　詩集《小花神》在巴黎獲愛倫坡獎。
赴美國、墨西哥和古巴旅遊。
創作《看不見的女過客》、《白屋》、《女人》。
一九三八年　《母親》獲季度獎。創作劇本《朗斯洛》。
一九三九年　《朗斯洛》被譜曲。
一九四三年　開始專業從事創作。
一九四七年　母親去世，對其影響巨大。
詩集《神奇的燈》獲巨大成功，被譯為許多外文。
一九四八年　《致卡譜琳娜的歌》獲維克多・羅塞爾獎。

一九四九年　《白屋》在巴黎獲法蘭西學院大獎。
一九五一年　詩集《沉默的聲音》在巴黎獲詩歌民眾主義藝術獎。
一九五三年　詩作被選入英國中學生讀本。
　　　　　　在英國中學演講詩藝。
一九五四年　詩集《逝水》在巴黎獲卡德維爾獎。
一九五六年　獲義大利錫耶納城市金質獎章。
一九五七年　詩集《仁慈的時刻》獲法國宗教詩歌獎和比利時費里克斯・德奈耶獎。
一九五八年　詩集《風箏》被譯成俄文，發行五十萬冊。
一九六〇年　詩集《牧人之笛》出版。
一九六一年　獲法蘭西共和國總統大獎。
一九六三年　詩集《布魯日》出版。
一九六四年　小說《頭上的洞》出版。
一九六五年　出版詩集《布拉邦省》，獲布拉邦獎。
　　　　　　拍攝關於他的電影《和平詩人》。
一九六六年　出版詩集《北海》。
一九六七年　翻譯《比利時荷蘭語詩選》，在布魯塞爾獲得荷蘭語翻譯獎。
一九六八年　以其全部詩作在巴黎獲國際詩歌大獎。

一九六九年　比利時廣播電臺製作有關他的節目，同時拍攝關於他的電影。

一九七〇年　出版《兩個世界之間》。

一九七二年　在巴黎獲選為「詩王」。

一九七五年　莫里斯・卡雷姆紀念館在布魯塞爾的詩人居所——「白屋」成立。

一九七六年　獲義大利歐洲獎。

出版小說《梅杜阿》。

一九七八年　在布魯塞爾去世。

一九七九年　遺作《在上帝的手中》出版。

一九八一年　卡雷姆之友協會成立。

你就這樣幾小時地聽著雨聲
莫里斯・卡雷姆詩選
Maurice Carême Poèmes Choisis

作　　者　莫里斯・卡雷姆 Maurice Carême
譯　　者　胡小躍
總 編 輯　汪若蘭
責任編輯　徐立妍、林柏宏
行銷企劃　高芸珮
封面設計　小子
內文排版　張凱揚

發 行 人　王榮文
出版發行　遠流出版事業股份有限公司
地　　址　臺北市南昌路 2 段 81 號 6 樓
客服電話　02-2392-6899
傳　　真　02-2392-6658
郵　　撥　0189456-1
著作權顧問　蕭雄淋律師
法律顧問　董安丹律師

2013 年 02 月 01 日　初版一刷
行政院新聞局局版台業字號第 1295 號
定價　新台幣 280 元（如有缺頁或破損，請寄回更換）

ISBN　978-957-32-7140-6
遠流博識網　http://www.ylib.com　E-mail: ylib@ylib.com